FOLIO

Ce livre a été spécialement conçu par le Prince
de Motordu et par sa femme, la princesse Dézécolle,
enseignante. Il est destiné à l'usage des petites billes
et des petits glaçons tordus pour qu'ils marchent droit
à l'école. Il a reçu l'autorisation de diffusion
dans les écoles par les extincteurs de l'Éducation
nationale et les groseilliers pédagogiques.

Mis en couleurs par Geneviève Ferrier

Pef

TOUTOU!

Le livre de nattes

GALLIMARD JEUNESSE

Cette année-là, la princesse Dézécolle attendait un des dés. Le futur papa, le prince de Motordu, était content, bien évidemment. Si c'est un glaçon, pensait-il, je fondrai de tendresse pour lui. Si c'est une bille, je me roulerai de joie par terre !

– Patience, prince, lui recommandait la princesse, je ne suis pas au bout de mes neuf, moi !

– Exact, fit le prince, un des dés vient au bout de neuf mois. Alors dès qu'il sort du ventre de sa maman, il crie : « Je suis neuf, moi, tout neuf, moi ! »

– Mais non, grand dadais, lui répondit la princesse en riant. J'apprenais le chiffre neuf à mes élèves. Et je n'aurai jamais le temps de finir le programme avant mon congé de maternité.

Le prince réfléchit puis embrassa sa femme, il monta les escaliers quatre à quatre et quand il fut à six à sa table de travail il rédigea ce livre de nattes.

Pour pratiquer le calcul, il est indispensable de bien connaître les gifles. Les gifles arabes ont remplacé depuis longtemps les gifles romaines.

Si on se sent fatigué et même carrément claqué après avoir appris ce qu'étaient les gifles il n'y a pas à s'inquiéter.

Les gifles sont aussi appelées numéros. Les numéros pairs sont les 2, 4, 6, 8 puis le 10, formé d'un 1 et d'un zéro en forme d'O, c'est-à-dire en forme d'eau. Les numéros pairs prennent donc l'eau !

Les autres numéros 1, 3, 5, 7, 9 ne prennent pas l'eau du 10 ! On dit donc qu'ils sont imperméables.

Ce sont les numéros impairs !

Mais attention ! Si on met un zéro, donc de l'eau, auprès d'un numéro impair, l'eau finit par passer et le nombre obtenu devient pair.

Une vieille croyance voudrait que certains traîtres d'école mettent des gants au bout des gifles. On obtenait ainsi des numéros paires, des numéros paires de gants. C'est totalement faux.

Il y a toutes sortes d'opérations.

L'opération de l'appendice, l'addition, la soustraction, la multiplication et la division.

Quand on sort d'une opération on a une drôle de tête. Comme sur cette image où l'on voit le prince de Motordu après une opération pourtant sans danger :

66 + 4 = 70

L'addition
(c'est faire des sommes)

On obtient des sommes grâce à l'addition. Cette opération permet d'ajouter des chiffres aux autres et d'en faire le total. La meilleure façon de comprendre est d'ajouter do à do pour faire dodo.

La soustraction
(c'est rasoir)

Soustraire, c'est enlever, couper, séparer. Observez bien l'exemple ci-dessous. Il y a un œuf (neuf) et une scie (six). La scie est dans l'œuf, tout comme le six est contenu dans le neuf. Ôtez la scie et voyez ce qui reste de l'œuf.

Six ôté de neuf égale trois. Vous avez tout compris.

La multiplication
(c'est la barbe)

Cette opération a pour but de multiplier les chiffres, un peu à la façon des poils de barbe qui se multiplient sur les joues des messieurs. La petite croix pansement est le signe qu'il s'agit bien d'une opération.

Regardez bien ce dessin. On y voit à gauche une grappe de cerises (chiffre 6). À droite un gourmand : c'est toi (trois). Cerise divisée à belles dents par toi, ça donne le reste de la grappe, en forme de 2 avec une tache de jus. La part tachée représente la part obtenue en divisant 6 par 3.

Énigmes

13 = 16

10 = 12

Réponses :
très étroit égale seize
(treize et trois égalent seize)

dix hideux égale douze
(dix et deux égalent douze)

Les fables de multiplication

Les tables de multiplication sont d'une tristesse ! Si elles étaient plus gaies, les enfants les apprendraient par cœur à toute vitesse.

« Six fois six : trente-six ! »

Comment trouver du plaisir en disant cela ?

six fois six ?

tente cerise !

Les fables de multiplication sont le meilleur remède contre cet ennui qui gagne les élèves.

« Six fois six : tente cerise ! » c'est déjà plus gai.

Apprenez
vos fables
de cette
façon et si
vous ne
déchiffrez
pas toutes
ces devi-
nettes
consultez
les solutions
en tournant
la page.

Après
les fables
passons aux
problèmes :

PROBLÈMES

Un habitant de Troyes ne fait pas
confiance à ses deux amis anglais
habitant à 130 et à 310 mètres
de chez lui.
Pourquoi ?

Une ménagère blonde qui fait
son marché avec 53 euros frissonne :
elle n'a pas assez d'argent
pour acheter deux poules rousses
de 30 euros chacune.
Pourquoi ?

Un homme, mesurant 1,74 m,
possède cent deux chaussures
et pourtant il a froid.
Pourquoi ?

Onze bébés
de 18 jours numérotés
de 100 à 110 sortent de l'hôpital
un vendredi à 16h 30.
**Quel est celui qui
est en meilleure santé ?**

Six personnes de 50, 35, 33, 20, 18
et 15 ans sautent du toit
d'une maison, haute de 5,25 mètres.
**Comment se retrouvent-ils
au sol ?**

Une femme de 53 kilos et portant
des boucles d'oreilles roses
peut-elle soulever une moto
de 192 kilos en pleine tempête ?

Réponses en fin de livre.

Le calcul du temps

– Quel air est-il? se plaignait un jour la princesse Dézécolle, impatiente de mettre au monde son enfant.

– Patience, lui conseilla le prince en pointant le nez, je sens qu'il est dent de manger.

À table ! J'ai trouvé un moyen infaillible d'apprendre à ne pas avoir mal au temps !

– Allons, il est dent de manger.

Chaque fois que les anguilles rencontrent un chiffre du cadran, elles le heurtent.

On entend même le bruit du choc : ding ! ou dong !

Les anguilles faisant le tour du cadran, on compte le temps en heurts (ding !) et en tournées. Chaque tournée dure 24 heurts.

Mais le temps qui passe laisse des traces :
les traces de ses semelles. Il y a sept tours
dans un

Dans un bois on compte quatre semelles.

Les bois comptent entre 28 et 31 tours. Ils
se ressemblent donc à peu près tous, si bien
qu'on dit qu'il y a douze bois – parents.

Et maintenant quelle heure est-il ?

Pour
l'électricien :
Midi pile

Pour
le pirate :
Il est trésor

Pour le frère :
Il est deux
sœurs

Pour le
noctambule :
Il est quatre
heures et tard

Pour le curé :
Il est
sainte heure

Pour le marin :
Il est six heures
et phare

Pour
le nain :
Il est mini

Pour
le champion :
Il est vainqueur

Et maintenant
quelle heure est-il ?

Pour
le charcutier :
Il est neuf heures
et lard

Pour
le fantôme :
Il est frousse
heure

Pour
le menuisier :
Il est scieur

Pour celui
qui a un oncle :
Il est neveu

Les nattes supérieures

Plus tard vous calculerez non seulement avec les gifles mais aussi avec des lettres.

Il faut donc vous entraîner dès maintenant à résoudre des équations. Pour vous aider, le prince de Motordu vous offre cet exemple facile.

D . 100 . D.
1300
12ᴴ·00

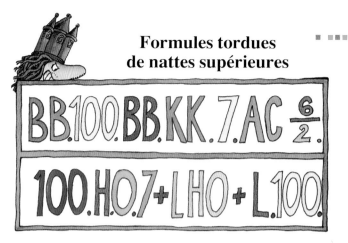

Bébé sent. Bébé caca. C'est assez de soucis (deux sous six) ! Sens ta chaussette. Plus elle a chaud plus elle sent !

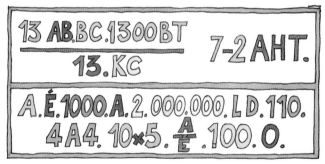

Treize œufs cassés sous treize abbés baissés très embêtés, c'est moins d'œufs à acheter. À Émile à demi-lion, elle descendit quatre à quatre dix foies sains assurés sans os.

Les autres unités de mesure : le maître

Pour mesurer la longueur des cours, à l'école, on utilise le maître. Le maître ne plie jamais, il est inflexible mais il peut faire des petits : ce sont des mini-maîtres.

Un maître tient à la main une baguette de cinquante centimètres de long. Quelle est la longueur de l'ensemble ?

Réponse :
un maître ennemi
(un mètre et demi)

Le pitre

Pour mesurer l'eau qui coule en rigole, la rigole eau, on utilise le pitre. Quand le pitre est bide c'est que le liquide est passé de la bouteille dans le ventre du buveur.

Le kilo

Grossir c'est prendre du poids, parfois c'est même dramatique. Le kilodrame est donc l'unité de poids.

Le prince de Motordu acheva son livre le jour de la naissance de son fils. La princesse était ravie :

– Il a l'air aussi tordu que nous. Et puis il a une belle voix, un vrai braillard.

– Mais ma chère, fit le prince, c'est qu'il a faim. Donnez-lui le cinq, à ce sacré numéro !

Réponses

Cet habitant étant sur Troyes,
il ne peut être sûr d'eux (sur deux).

Cette ménagère trouve trop chères
deux poules (chair de poule).

Parce qu'il a froid sans deux chaussures.

Celui qui porte le numéro 109
parce qu'il a le sang neuf.

Les six personnes se retrouvent
à six par terre (assis).

Oui puisqu'on la voit soulevant
(sous le vent).

Né en 1939, fils de maîtresse d'école, **Pef** a vécu
toute son enfance dans des cours de récréation.
Il a pratiqué les métiers les plus variés comme
journaliste ou essayeur de voitures de course.
À trente-huit ans et deux enfants, il dédie son premier
livre *Moi, ma grand-mère…* à la sienne, qui se
demande si seulement son petit-fils sera sérieux
un jour. C'est ainsi qu'il devient auteur-illustrateur
pour la joie des enfants et invente en 1980 le prince
de Motordu, personnage qui devint rapidement une
véritable star. Lorsqu'il veut raconter ses histoires,
Pef utilise deux plumes : l'une écrit et l'autre dessine.
Depuis près de vingt-cinq ans, collectionnant
les succès, Pef parcourt inlassablement le monde
à la recherche des « glaçons » et des « billes »
de toutes les couleurs, de la Guyane à la Nouvelle-
Calédonie, en passant par le Québec ou le Liban.
Il se rend régulièrement dans les classes pour
rencontrer son public auquel il enseigne la liberté,
l'amitié et l'humour.

**Motordu et son père
Hoquet,** 337

**Motordu sur la Botte
d'Azur,** 331

Silence naturel, 292
de Pef

*Harry-le-Chat, Tucker-la-
Souris et Chester-le-Grillon*
**Harry-le-Chat et Tucker-la-
Souris,** 436

Un grillon dans le métro, 433
de George Selden,
illustrés par Garth Williams

Eloïse
Eloïse, 357

Eloïse à Noël, 408

Eloïse à Paris, 378
de Kay Thompson
illustrés par Hilary Knight

Les Chevaliers en herbe
Le bouffon de chiffon, 424

**Le monstre
aux yeux d'or,** 428

Le chevalier fantôme, 437

Dangereux complots, 451
d'Arthur Ténor
illustrés par D. et C. Millet

BIOGRAPHIES
DE PERSONNAGES CÉLÈBRES
**Louis Braille, l'enfant
de la nuit,** 225
de Margaret Davidson
illustré par André Dahan

**La métamorphose
d'Helen Keller,** 383
de Margaret Davidson
illustré par Georges Lemoine

Maquette : Chita Lévy

ISBN : 978-2-07-053715-0
N° d'édition : 171423
Loi n° 49-956 du 16 juillet 1949 sur les publications destinées à la jeunesse
Premier dépôt légal : septembre 1986
Dépôt légal : septembre 2009
Imprimé en Italie par Editoriale Lloyd